KB070977

천국에 없는 꽃

신영순

시인의 말

시가 나를 거부한다
낭떠러지다

겨우 소나무 발목만 붙잡았다
아득하다

시 밖으로 훌쩍 뛰어내리자
물방울이 된 시여!

감당한 시간보다
감당해야 할 시간이
아프다

2021년 10월

신영순

천국에 없는 꽃

차례

2부 손댈 수 없는 것들

1부

고양이 울음이 가로등을 켤 시간

추자도

─젓 담그소 며르치젓 담그소…

충청도 산골에 비린내 수십 톤을

내려놓고 가는 트럭

눈 동그란 멸치보다

뻐꾸기 울음이 포옥 절여지고

그 비린내에 환장한 밤나무들

입맛 잃은 노인들만

마을 정자에 덤덤히 앉아 있다

민박

또 장기 투숙객이 들어왔다
다섯 번째다
보름 전 든 사내처럼 잠꼬대나 심하지 않을까

목숨을 되돌려 줄 수도 없으면서
하늘이 물었다 놓은 자리가 왜 하필 이곳인가
인간들은 그들의 방식대로
이불 개듯 죽음도 반듯하게 정리하는가

두 달 전 구석방에 든 서너 살 계집애
그 가시 같은 울음으로 푸른 잎을
맷방석만큼 쏟았는데
이젠 제법 새와 옹알이를 주고 받는다
그 애 부모는 아이의 죽음을 깃발처럼 흔들며
거리에서 무슨 법을 만든다고 난리 치고

오늘 마흔 언저리 사내를 들여놓고
돌아서는 그의 아내는 슬쩍 웃었다

덜어낸 사내 몸만큼 넓어진 침대와
받아 든 보험금이 허리 협착증도 곧게 세웠다
아들놈은 벼랑에 던지듯 아비를 두고 가는
어미를 원망하며 자꾸만 뒤돌아보았다

내 생전 일면식도 없던 그들
억지로 항아리 안겨 놓고
풀렸던 울음의 끝단을 돌돌 말아 들고
입가를 쓰윽 닫는다

말릴 새 없는 나만
툭툭 솔잎만 떨어뜨릴 뿐

매미 울음이 시작되었다

　그날 봇도랑이 터졌고 미루나무도 모래밭도 사라졌다 뒷산도 밀려나 마을을 점령하고도 연신 황토물을 쏟았다 들녘 한가운데 흐르던 냇물이 둑을 밀어내며 으르렁거렸다

　해거름 물꼬를 보러 나간 아버지가 까까머리 댓명을 데리고 들어오셨다 물길에 막혀 집에 못 가는 상대리 애들이라고 한 어미는 건너다 빠져 죽는다며 건너편에서 수건을 흔들며 소리치고… 걱정 말라고 하룻밤 재워 학교 보낸다는 아버지의 목청껏 지른 소리도 큰 물소리가 잘라 먹더라고

　풀이 죽어 따라온 중학생들은 쭈뼛거리며 젖은 교복을 내밀고 엄마는 우물물에 빨아 가마솥 뚜껑에 말리고 장맛비는 계속 내리고 두꺼비도 꿈벅꿈벅 마당에 나오고

　사춘기 언니는 골방에 들어가 나오지도 못하고 엄마는 채마밭으로 광으로 아궁이 보릿짚에 앞치마가 타는 줄도 모르고

　다음 날도 비는 계속 퍼붓고 맥박이 가라앉지 않는

냇물은 성난 황소처럼 기어코 둑방을 밀어붙여 들판인
지 강인지 누렇고 아버지는 종일 물길과 싸우다가 막걸
리만 드시고 학생들은 둑에서 물 빠지길 기다리다 어둠
이 내린 뒤 더욱 풀죽어 집 나갔던 꼴머슴처럼 들어와
엄마는 부랴부랴 밀가루 푸대를 털고 홍두깨 찾아 손
국수를 밀어 저녁 먹이고 죄송해서 절대로 못 내놓겠다
는 대여섯 개의 도시락을 위해 밤새 콩자반을 만들고 귀
한 손님에 고생한다고 이웃에서 강낭콩 박힌 개떡을 쪄
오고 비는 함석지붕에 콩자루 쏟아 놓듯 밤새도록 두들
기고

　　바닥 난 쌀 때문에 엄마는 이웃에서 쌀 두어 됫박 꿔
할아버지 제사 지내고 내려앉은 담버락엔 애호박 하나
없고 덜 여문 옥수수만 남기고 장마는 물러갔다

어둠의 맛

칡즙이 왔다
더듬더듬 내려가던 어둠을 잘라
진액을 보내왔다
팔랑대던 잎사귀가 움켜쥐었던

허공의 거처가 달고 쓰다

새벽 두 시
전자레인지 컵 속에 어둠이 졸아든 채
다섯 시간 지나 다시 데워졌다
깜박대는 정신머리가 아직은 살아 있다는
푸른 잎사귀로 펄럭거린다

소나무 하나를 통째로
삼키던 먹성 좋은 놈과
하루 내내 싸워 이겼노라던
알통 굵은 웃음이 잔 가득 넘쳤다

무시로 뻗어 가던 넝쿨이 더듬이 앞세워
소나무를 칭칭 감았으리라
여린 손이 보내는 수신호로
땅속을 뱀처럼 기었으리라

무엇이든 감고 올라서야 잎 피우고
땅 위를 기어서라도 꽃을 건네는
저 연둣빛 맨손

내 몸의 시간을 벌고 싶어
어둠의 독성을 꿀꺽 삼킨다

설날 아침

아버지는 지성으로 향 피우셨다

연필심처럼 깎인 향나무 살점이 태워질 때
문풍지에 들이치던 눈발과 함께
우수수 방 안에 고여들던 향내

사립문 연 찬바람이
북극을 문고리에 매달고 달아나고

아직 떡국이 끓기 전
목기마다 죄 없는 가난이 진설되고
묵은 시간의 줄 당겨
우루루
살아 돌아오는 조상들

어동육서魚東肉西
숙서생동熟西生東
두어 가지 순서가 바뀌어도

혈관마다 향을 심은 조상들
지청구는 병풍 속 난꽃으로 피어날까

당신의 절대 공손과 간구로
시베리아 찬바람도 순해지는 날

얼음산맥을 맨발로 건너와
등 아프게 올리는 절 받고 잔을 드는
물기 없는 조상들
앞산도 일어나 제사상 받는다

너무 긴 제사로
불어 터진 떡국과 고명으로 얹힌
까치 울음을 눈발과 같이 떠먹을 때
우물가 향나무도
어깨 높여 구름잔 올린다

소금독 푸른 들개들

마을을 건너뛴 푸른 들개들이 쳐들어와
들쑤셔 놓은 빈집
소금독 뚜껑을 열자
매미 울음이 한가득

―아무도 들어오지 마시오
폐허가 녹슨 대문을 닫아걸고
칸나 잎 이슬로 기척이 열리는 곳

손수레로 남아 있던 이웃들인가
어깨 가까이 들어찼던 장항아리들
하나둘 사라지더니
당신의 골똘한 생각들은
차마 손대지 못했는가

소금독 안에서
끝없이 새끼 치며 가라앉는 고요
그 무게로

바지락 해감처럼 오는 회한

마른 개펄 같은 당신이 가시던 그 해
사 드렸던 소금 두 포대
반짝거리는 바다를 빈 항아리에 붓자
갈매기 울음이 조용히 날개를 접었다

빈집의 허기에 간을 맞추던
당신의 손바닥 울음 같은 소금독

잘 개어진 해변 백사장이
탁탁 손을 털었다

장미

기차가 달리던

폐역

제 가시 뽑아

철길 깔고

양 떼를 기다린다

초원이 펼쳐지면

기차가 달려오리라

우암산가든 시창작반 뒤풀이

눈은 퍼붓고

—나는요 삼겹살 구울 때가 젤 행복해요 맨드라미 같
은 살점들이 눈 그림자로 익거든요 날리는 눈 받아먹는
바위도 헐렁헐렁 나무도 발랄해져요 꽃 필 때보다 더욱,
하늘도 이때처럼 수다스러운 적 없고요 별들도 서로 발
길질하며 장난질 쳐요

한겨울 군자란이 삐죽 꽃대를 내민 우암산가든 시창
작반 뒤풀이 앞자리 남자가 고기를 나란히 나란히 줄
맞춰 음계 없는 실로폰 치듯 뒤집고 뒤집었다

사랑하는 방식을 몰라 애인과 헤어졌다고 빈 소주잔
에 푸념을 그득 따라 마신다

불빛을 향해 맹렬한 창밖 눈보라 그것을 바라보는 얼
굴들이 불안의 바퀴를 굴리는 사이 고기와 숯불이 서
로 발길질로 익고 익히고 갈 길 아득한 그 시간 꽃대 올
린 군자란이 눈짓으로 잘 가요 안녕 안녕

귓속말로 해야 잘 알아듣는 밤 그 남잔 떠난 사랑을
지글지글 구워대고 눈발은 점점 거세지고 조바심은 꿈
속 같고 일어설 줄 모르는 무리는 바위 같고

말랑한 허기

고양이 울음이 가로등을 켤 시간
―절대 문 열지 마시오
콘크리트가 말랑거릴 때까지

밀가루가 박태기 꽃잎처럼
촘촘히 일어섰다
이스트는 덜그럭대는 기다림을 부풀리는 중

놓친 아침과 깨진 점심 약속을
반죽기에 넣고 버무린다
지금쯤 미동산수목원 잎갈나무는 헐렁한 그늘로
그의 변명을 밀어내고 있을까

안 보이는 손이 반죽을 치다 멈추고 또 뭉치고
박태기나무는 수긋하게 기다리고
두 번째 커피를 내릴 때
새겨지지 않는 이름도 다시 내린다

일주일 전 했던 약속을 갑자기 깨버린 그
수목원 탐방 중, 문자에
송홧가루가 묻어 있다
내일은 발자국도 멀리서 찍히겠다

따끈한 벽돌 한 개가 어둠의 균형을 맞춘다

아침과 저녁
허기의 비율이 언제나 다르다
몇백 그램의 밀가루와 몇 그램의 이스트가
밀려난 하루를 부풀게 하는 저녁

박태기나무로 숨어드는
참새 소리도 바삭하게 구워졌다

겨울 모란

당신 미쳤어요?
그 꽃나무를 베다니…
날아가는 내 말투에 톱날이 박혔다

두서없던 신혼시절
담장 너머까지 꽃을 내민 모란이
긴 그림자로 나를 품어 주었다
진분홍 꽃무더기가 있던 친정 뒤란
엄마도 저 꽃 앞에서 애가 타셨겠지
미농지 같은 꽃잎을 만지면
손 안에서 사그라들던 붉은 빛

유난히 아껴 주시던 시아버님 찻상에
모란 꽃잎 깔아 잣 올려 드리면
솜씨 있다고 좋아하셨다
새로 집 지을 때 새아가 좋아하는 꽃이라고
남의 담 밑에 옮겼다 심어 주신 그 사랑
모란이 꽃송이 불려 가며

멀리 나간 목소릴 불러들인다

해마다 사월 중순 둘째 놈 생일이면
진홍 꽃잎 열고 노란 심지가 켜질 때
네 앞날도 저렇게 활짝 필 것이라고
붉은 종소리 치마폭에 쓸어 담기도

겨울 어느 날
갈기 세운 눈보라 속
톱날을 겨우 피한 줄기 끝에
하얗게 만개한 눈꽃 송이

하늘 문 열고 잠시 다녀간
당신의 음성이었다

쿼렌시아*

목에 등에 칼이 꽂힐 때마다
공중이 울퉁불퉁해졌고
비명을 입 속으로 욱여넣었다

'찔러라 칼을 더 깊게 넣어라'
벽돌처럼 날아드는 환호성에

나를 데리러 오는 검은 숲이 일어선다

꼭 가야지 꼭 가야지
내 슬픔을 지펴 줄 만한 곳
지상의 가장 짙은 그늘
신의 맨발이 만져지는 곳

여기까지
어둠을 찾아왔다
악몽을 이불 털듯 버리고
순한 잠을 찾아왔다

수많은 깃털을 가진 짐승이다 저 나무들
눈동자가 수천 수만이다
펄럭이는 것은 곧 날아오를 것이다
하늘에 찢긴 빨간 돛이 둥둥
그 맹신에 전부를 걸었다

오늘 하루에 핀 꽃숭어리다
'다 괜찮다 괜찮을 거야'

홀로 사막을 지날 때
붉은 내 발자국을 보았다

* 투우사와 싸우다가 지친 소는 자신이 정한 장소에 가서 쉬고 기운을 되찾아 계속 싸울 준비를 한다. 소만이 아는 그 자리를 스페인어로 퀘렌시아라 한다.

누룽지

가마솥이 중얼중얼
불길을 걷어차기 시작했다
아궁이 앞 운동화들이
눈발을 뒤집어쓴 채 일렬로 세워진다

한 그릇 밥이 되기 위해
가마솥은 골똘하고
고봉으로 푸지 못한 주걱은
밑바닥에 눌러앉은 집요함을
득득 긁어 내놓았다

언제든 산 자들의
끼니가 되기 위해
열렸다 닫히는 뜨거운 서랍
너울대는 불꽃의 반발로
맨 아랫밥은
차진 애착이다

아프리카 여인이 옥수수죽이 눌어붙자
아까워서 눈물 쏟는 장면을 보았다
난 전기밥솥의 누룽지 버튼을 눌러
별미를 먹는다
지구의 반대편에선 아이들이
지글지글 땅을 익혀
진흙 쿠키를 만들고

밥그릇에 옮겨 앉지 못한 속내가
노릇노릇
가마솥 복사본을 들고
데워진 운동화 순서로
대문 밖을 나선다

골목을 따라 나간 구수한 냄새가
고양이 발등에 걸린다

뒷모습

안사람이 치매라서 요양원에 보냈지요……
흐려지는 말꼬리 잡고 흐린 하늘에서
나폴나폴 눈이 내렸다

계절은 정신없이 꽃만 피워대더니
노부부 남겨진 날들과 바꿔 피었던가
목덜미 흰 매화나무가 궁금해
대문가 서성이는 나를 부르던
그 손짓 뜰 가득 팔랑거렸다

팔다리가 튼튼한 꽃나무 사이
벽 짚듯 나비가 날고

만개 뒤 꽃나무는 한층 굽어져
더 큰 그늘 찾아 떠나고

노부부의 돌이킬 수 없는 시간만큼
길 떠난 시간도 길어지리라

나뭇가지마다 옮겨 붙던 눈송이처럼
삶은 날로 불량해져
다 날리고 마는가

빈집에 매화가 만발했다

꽃이 꽃을 건너 화관을 흔들 때
하늘도 귀 당겨 웃었던가

악어

또 물렸다

할 말이 있다는 듯
누 떼도 아닌데 덥석 물고 늘어진다

절뚝거리며
도시의 늪을 지날 때마다
뒤꿈치 물어뜯는

벗어 들 수도 꺾어 신을 수도 없는
새 구두

달음질치다 보면
없던 계절도 문 열고 나온다

시내를 지나 버스에서도 한참 길
팥죽처럼 끓는 뒤꿈치 끌고
오르막에서 마주친 오동꽃도

딱 그 빛이다
햇살에 물려서 터진 빛이다

걸을 때마다
근질근질 되살아나는 이빨 자국
길바닥마다 악어 떼가 득실거린다

천국에 핀 꽃

바람이 작약을

징검돌 밟듯 지나간다

천국에 없는 꽃이라고

중얼거리는 그분

뒷모습이다

따라붙는

햇빛 발자국이다

자꾸자꾸 들여다보는

익숙한 필체다

오월 하순

운보의 집

장난치는 하늘 그림에

낙관으로

찍힌 꽃

2부

손댈 수 없는 것들

오월

나뭇잎이 산을 뒤적여

새의 울음 꺼내 오고

녹슨 가마솥도 뚜껑 열어젖히고 나오고

붓꽃이 제 색을 꺼내 하늘 붓질하고

찔레순이 밤새 한 뼘이나 자라나

제 가지 내려다보고

잃어버린 꽃신 한 짝 들고

치매 든 노파가 하얗게 웃고

손댈 수 없는 것들이

초록빛으로 일어선다

다시 봄날

서른 마지기 밭이랑
언제 갈아엎나요

달랑 호미 한 자루
쥐어 주고는

당신이 남겨 주신
묵정밭 풀더미

갈아엎어도
다시 고개 쳐드는

대성동 65번지 대풍상회 앞

어둠이 두들겨 맞고 있었다

대문 안의 불안이
쫑긋, 귀를 세우는 동안
전 재산이 고요뿐인 어둠
심한 발길질에 벽 비스듬히 기댄

새벽 2시 45분
누구얏!
잠의 볼트가 풀린 사람들
창문마다 불이 켜져도
입 다문 발길질은 계속되었다

이웃집 남자가 대문을 뛰쳐나가고
경찰차가 어둠을 호명하며 달려오고

이튿날 아침 젊은 청년이
그 부모랑 대문 앞에 서 있었다

자동차 앞문이 구겨지도록 찬
새 구두가 햇살에 반짝거렸다
아들 잘못 키운 죄가
땅바닥에 떨어진 감꽃이다
공기업의 신입사원이 되어 벌인
첫 술자리였다고

누군가 사회 초년 공부 오지게 잘했다고 웃자
담 너머 감나무가 잘린 팔을 흔들어댔다

파본 된 오밤중을 든 골목 안 사람들
방전된 잠 꽂으러 다시 들어가고

되감기

연탄 열아홉 개 구멍이 엘피판 소릿골이었지
비 오던 날 우린 연탄불이 쌀을 익혀 줄 때까지
계속 듣고 또 들었지

이 여자 목소리는 너무 슬퍼
자꾸만 내 머리카락을 잡아당기는 것 같아 언니
멜라니 사프카*가 긴 머리로 비를 감아 올렸지

장독대에 떨어지는 빗방울이
둥글게 크로매틱으로 찍고 있었지

지지직대는 바늘은
눅눅한 벽지를 긁어댔지
천장의 쥐오줌 얼룩도 빗방울을 모으고
남주동과 모충동 사이
무심천은 흙탕물 소리를 더욱 높였고
골목 웅덩이마다 엘피판이 헛돌았지

비 젖은 새들은 깃털을 바늘 삼아
세상에서 제일 슬픈 노랠 부르고
실금 간 부뚜막도 무서웠지
푸른 머리채 풀고 다리를 잡아당기던
아궁이 속
저 날름대는 혀가 밤새 비를 몰고 왔지

우리는 겉도는 어둠 걸어 놓고
뜸 들이던 빗방울을 먹고 또 먹었지
울음이 다 닳도록

* Melanie Safka가 부른 〈The Saddest Thing〉

47

무조건 정원

그녀가
딱 한 알만 주고 간다
튤립
손바닥에 갸웃이 올라 앉은 새싹이
무조건 봄색이다

햇살이 풍선같이 부풀면
그녀는 무조건 심어댄다

아무렇게나 키웠어도 잘 자라 준 딸 다섯처럼
그 집 정원에 꽂아 두면 날로 무성해진다

이노무 지지배들로 심긴 패랭이들
우라질로 떼 지어 솟는 메리골드
대답 대신 초록 이마를 불쑥불쑥 내민 상사화
나도
정신없이 그녀의 정원에 심긴다

어쩌다 얻어다 심은 우리 집 꽃은
지청구 들은 아이마냥 시무룩하다
흩어진 꽃잎으로 그늘만 기울어졌다

담장을 넘어오는 걸쭉한 욕설로
산수유 가지 뒤틀려도
계절은 질서 있게 꽃 피운다
꾹꾹 눌러 둔 그녀 발자국 따라
맞장구치며

은혜의 단비

갓 부임한 젊은 목사
부인이 해산하러 친정에 간 토요일

한동네 노권사가 수제비 끓여
뒤뚱뒤뚱 교회 사택을 들어서고

컵라면에 뜨건 물 부어
막 주방을 나서던 목사와 딱 마주쳤다

　─에구 우리 목사님요. 그런 건 드시믄 안 되지라우.
내 며르치 국물 찐하게 내서 맛나게 끓였지라우.
　노란 냄비를 내려놓을 때
　갑자기 소나기가 줄기차게 내리꽂힌다

　사택 옆 콩밭에서 일하던 김 안수집사가
　수건으로 빗물을 훔치며 처마로 달려들고
　─ 목사님 아즉 점심 전이지유? 지가유 짜장허고
탕수육 시켰는디유. 아따 비 잘 오네유. 은혜의 단비네

유…

—그러게요. 성령의 단비맨치로 자알 오시네요.
노권사 흐뭇한 표정으로 한 말씀 거들고

빗물 받은 접시꽃 분홍 접시 층층이 돌리고
마을 입구 철가방 실은 오토바이 소리 요란하고

문밖의 단풍

다음 생은 누구를 만나
나머지 내어 주실까

부르는 목소리마다 울음이 감겨
날개 펼 수 없다고
저 나무 혼자 붉게 물들었다

그림자도 떼어 놓고

내 것이라 담았던 시간들
몽땅 쏟아 놓고 천천히 물기 말리는 중
세상 빠져나갈
힘 모으고 계시구나 어머니

제때 물들어야 제맛이지
알맞게 물든 몸을 받은
하늘 빗장이 내려지고
슬픔이 우수수 발등 덮는다

잎 떨어지는 속도로
한 생애가 만료되었다

다만
몇 년이라도 내 생을 당신께
덧대어 드릴 수만 있다면

받아 든 죽음을 엎지르며
물들지 못한 시간만 거둬 담는다

고향 하늘에 절 두 번

아버지 용서하십시오

이렇게 갑작스레 세상을 떠나시면 어떡합니까 일 년 후면 저도 한국에 돌아갈 수 있는데 어찌 영정 앞에 여동생만 달랑 세워놓니까 더구나 치매병원에 계신 어머니는 큰오빠가 빨간 구두 사 온다고 눈 빠지게 아버지를 기다리고 계신 판국에,

역병으로 인심이 아무리 사납다 해도 생전에 아버지가 거두시던 그 많던 친척들은 뒤통수도 왜 안 보입니까 저 어린 동생은 우느라 제대로 잔도 못 올리는데…

하늘길 뱃길 다 막힌 여기 호주 땅 사무실 한편에 간신히 구한 한국산 북어와 소주를 놓고 친구가 보내 주는 동영상에 따라 절 올립니다 창밖 아버지 좋아하셨던 백설기 같은 흰 뭉게구름을 한 뭉텅 잘라 제상에 올리고 싶네요

여긴 가을철인데 선산엔 아카시꽃이 만발했네요 그 향기 따라 모든 걱정 내려놓으시고 편안히 잠드세요 그리고 당신의 별로 잘 찾아가셨다가 이 땅에 소나무로 다

시 태어나세요 그래야 선산도 수백 년 지킬 수 있잖아요
   흙 한 삽 뿌리지 못한 불효자가 멀리서 절 올립니다

   묘소 뒤편 흰옷 입은 아카시꽃들이 한 죽음을 정중
히 모시고 산은 고봉의 황토 밥그릇을 내밀고……

낯선 나무 1

필리핀 여자다

시집온 지 삼사 년은 지났을까 기왓골에 은행잎이 쌓여 물이 안 내려간다고 나무를 밑동에서 허리까지 껍질을 벗겨냈다 그 나라에선 그렇게 나무를 죽인다고 반은 푸르고 반은 누런 잎을 보며 지나치는 입마다 끌끌 혀를 찼다 노랗게 마른 우듬지가 뾰족하다 정수리로 빠져나가는 혼을 붙잡으려는 듯 필사적인 푸른 잎

몸에 고이는 어둠을 밀어내느라
속울음을 참느라
뿌리로 무거운 돌을 껴안고 있으리라

슬픔을 꼬깃꼬깃 접어 제 발등으로 우수수 내린다
나무가
몸이 몸을 거두는 소리
허리춤에 걸어 놓은
까치집 이사 중이다

낯선 나무 2

굿모닝, 하면 좋은 아침입니다. 하는 그녀
필리핀에서 딸 따라온 사십 대 중반이다
그녀가 아침 일찍 코리아 골목길을 쓸면서
달아나는 가로등의 그림자를 벗겨 입는다
사위보다 여섯 살 많고
병석의 안사돈이 어머니뻘인 그녀
서둘러 식구들 출근시키고
외손자놈 어린이집 차에 올리고 나면 그녀의 출근
시간
손수레 끌고 골목을 나선다

어둠에서 어둠을 꺼내 오고
나무에서 그늘을 옮겨 싣는 그녀
미처 수거해 가지 못한
낯선 그림자

어젯밤 떠듬떠듬 읽던 별자리가 구겨진 채
처박힌 쓰레기 더미 속에서

용케 찾아내 주워 담는다

좋은 아침이 폐지 한 장에 반짝, 걸려든다

이윽고
땅에 떨어진 그림자를
가로등에 입혀 주며
먼 곳에 두고 온 그림자로
갈아입는 밤
너덜너덜 해진 좋은 아침이
곁에 눕는다
다시 눕혀도 일어나는
남십자성 별빛을 몸에 두르고

접시꽃

뿌리째 사라졌다
노파 짓이 분명하다
연분홍과 흰 접시꽃들
수년째 막내딸이 수태 못 한다고
눈물 찍던 그녀
내 꽃들 우르르 그 집으로 달려가
태반의 접시 돌리고 있는가

햇살을 뿌리 깊이 받아내
백지에 붉은 점 하나 찍어 올리는가
손바닥 발바닥에 꽃불 놓아
세상에 없는 꽃 하나 만드는가
수많은 꽃잎들 접고 접어
한 송이 붉은 꽃 태어나는가
바람의 치어들 살 속에 숨어
어미로 목숨 걸어 놓고
발길질해대는가
해의 숨결 하나 빌려

팽팽한 이름 불러내는가

허공에서 먼저 피어
바글거리는 태반의 꽃, 꽃

내일의 빛 껴입고
아가들이 뛰어오를 것이다
발밑 어둠을 꾹꾹 누르고

별별벅스에서

초원을 일으키던 양 떼
무릎이 삐끄덕, 꺾이듯
기다림은 늘 노래처럼 온다는

흰 슈트의 청년이
붉은 뺨으로 주문한 라떼
이 겨울 몽골 헨티산맥 아래
떨고 있는 양들의 눈빛 같았지

무서운 미래가 기침처럼 밀려올까 봐
노란 싹 내민 생각을 뜯어 먹듯
흰 바탕에 초록
초록 바탕에 흰
자판을 두드리곤 해
간혹 무릎으로 떨어지는
나른함을 고쳐 들고 두리번대기도

춥지만 추위를 모르는

유목민의 갈라진 손등 같은
마두금은 잊은 지 오래
여긴 주문에 따라 끓이기만 하지

우리는 얼굴보다는
서로 등 대고 익숙한 노래로
시대의 허기를 채우곤 해
가끔은 비명 같은 큰 웃음소리가
돌계단을 오르는 나막신처럼 낯설어
천장으로 호기심을 공처럼 던지기도

건너편 건물이 제 몸 끌고 와
서성대는 통유리 게르 안
커피를 마시는 동안은 한 가족이지
눈보라 속을 달려온 양들의 울음
잔마다 넘쳐 목은 늘 축축하지

노트북을 낀 새 야영객이

주문한 카푸치노

곱은 손이 떨려 유리창이 금세 흐려지기도

오동꽃

　우묵한 그림자를 거느린 나무 아래 소녀들이 재잘재잘 오동꽃 피웠다 나는 열심히 벽오동 개오동 참오동을 설명하지만 누구도 귀 기울이지 않는다 어쩌다 부는 바람이 듣다 갈 뿐 갑자기 불려 나온 아이처럼 오동나무도 아직 헛잠을 털지 못했나 떠듬떠듬 피기 시작하는 꽃 뻐꾸기 울음 따라 피던 오동꽃 숲체험학습으로 억지로 올라온 소녀들이 돌려 바른 입술 색이다

　─옛날엔 딸을 낳으면 이 나무를 앞뜰에 심었대요. 장롱 해 주려고요. 뒤에 안 들려요?

　─어디까지 올라가야 해요? 다리 아픈데……
　─밥맛없어. 담탱이는 왜 산에 간다고 말을 안 해 주고 지랄여……

　산도 내려오다 발목이 삐는 비탈길 운동화 대신 새 구두 신고 삐딱거리는 뻐꾸기 새끼들 입이 댓 발씩 나왔다 아예 구두를 벗어 든 녀석도 있었다

내 외삼촌은 저 나무로 장롱을 만들어 직접 지고 갔다지 열일곱 살 딸을 깊은 산골에 남겨 놓고 삼십 리 길을 뻐꾸기처럼 울면서 돌아왔다지

옆의 개오동나무 푸른 잎 펄럭이며 갸우듬히 바라본다 막 물오르기 시작한 종아리가 실팍하다 비스듬히 누운 길도 실팍하다
높은 구두 신은 뒷줄 몇몇 어느새 뒤꿈치 물고 오동꽃 피어나고 있었다

왕의 노래
— 융릉에서

숲길을 오래 걸었다
내 숨소리 잡는 눈빛이 있었다
습기 찬 침묵을 걷고 일어선 나무들
쓸쓸함으로 귀 씻었을까
흘러간 한생을 제 그림자로 거둬
옹이로 키웠다

물 한 모금 물고
눈을 뜨고도 눈 감는 버릇을 생각했다
왜 등 뒤의 사랑을 지키지 못했냐고
사라진 마음이 웅웅거린다

절망에서 달려나간 마음이
더 나갈 수도 돌아설 수도 없는 마음이
나무들 제 울음에 가둬
부름켜 안고 자라듯
꽃 한 송이도 최후처럼 핀다는 것을

영조 38년 윤 5월 13일
뒤주에서 잦아드는 숨소리를
지켜보던 빽빽한 눈빛들
그 벽을 어찌 넘겠는가

아비가 자식 대신 택한
종묘사직이 목숨의 이음줄인가

어제가 오늘을 안고 내일로 건너뛰려 해도
슬픔은 언제나 제자리 뛰기다

처서

추녀 끝
가을비

"들어오지 않고…"
"맨발이라서요…"

쌀 꾸러 온
강 건너 처자

감기 든다고
이제부터 찬비라고

어머니는
지청구 대신

아궁이
불 지피셨다

3부
뒷주머니 많은 당신

유월

산속 아버지 뵈러 가는 길

꿩 꿩 꿩

자꾸만
발목에 감기네

소나무 그늘
당신의 거처

솜이불처럼
덮어 주는
밤꽃 향기

회한의 써레질만 하다 가네

들판엔 모내기도 다 끝났는데

꽃구경 가자더니

불현듯 절만 꾸벅꾸벅 해대고
획, 돌아서 오는 심사는 무언가요
벚꽃은 환장하게 피었는데

무심천으로 까치내로
사람들 모여들고 모여들다 흩어지는데
왕벚꽃 같은 앵커는 붉은 입술을
오므렸다 폈다 하는데

그냥 돌아서다니요

영정 속 그 사람
천지사방 사람들 한껏 불러

마지막으로 활짝 피우는데
잔마다 울음꽃 넘쳐나는데
후생으로 꽃다발 내던지는데

핏줄 가신 꽃잎

손금 사라진 꽃잎

손수건처럼 흔드는데

벗나무가 수의 벗어

천지사방 펄럭대는데

죽순이 도착했다

땅거미를 물고 솟아오르던
여린 순을 뽑아 보내왔다

몇 겹을 벗기고서야
사려 둔 안개를 만난다
이제 막 숨 쉰 푸른 어둠이
펄펄 끓는 물 속에서 내미는 손

대밭이 무한으로 짓던 서늘함이
하룻밤을 우려도
제 맥박 일으키고 있다

지상의 첫밤을 통째로 캐낸 자리가
무너진 잇몸처럼 흔들렸겠다

내게도 젖니처럼 뽑힌 아우가 있다
그의 푸른 독으로
여직 속을 다스리지 못해

글썽이는 마음

사방으로 뻗던 뿌리가
잠시 브레이크 걸려
철렁, 대숲이 제 가슴을 쓸었을

어둠을 뒤집어쓴 새벽이
덜컥, 잡혀 왔을

매화 수첩

스무 살 때 자취하던 주인집 아들
날마다 연서를 내 창에 꽂아 놓았다
늦은 밤 좁은 골목길에서 딱 마주쳤다
볼을 스치던 서툰 입맞춤과
안간힘의 도리질
이웃집 매화꽃이 우수수 날렸다

겨울의 뒤통수를 밀어내며
꽃을 부르는 땅의 숨소리
너무 커서
아무 소리도 안 났다

빽빽한 마음자리에 고명으로
매화 몇 송이 얹는다

반가운 것들은 꽃이다
그리운 것들은 가시다

어딘가 네가 있어
매화가 다시 피고

아릿아릿 향기를 적는 봄밤이다

바다는 제가 바다인 줄 몰라서

동물원의
원숭이나 코끼리인 줄 알았나 보다

사람들이 멀리서 찾아와
쳐다보고 좋아해서
철썩철썩
제 뺨을 때리며 응수했다

그러다
품으로 들어온 사람은
하두 좋아서
무조건 끌어안고 돌려주지 않았다

바다는 제가 바다인 줄 몰라서

제 스스로 깊이를 몰라
출렁출렁
언제나 빈집이다

흰 눈주름만 넘쳐 나는

나무는 까치발 들고

아무리 어둠이 깊어도
하늘 아래 첫 그늘이다

저 별 쯤이야
스위치처럼 켜고 끌 수 있는
나무끼리의 암호
수시로 새를 날려 교신한다

하늘이 고요해지길 기다려
초록으로 마음 켜는 나무들
생각 바깥으로 뻗던 발 거둬
어둠을 돌돌 말아 서쪽으로 밀어 놓는다

새순 같던 팔다리 쭉쭉 뻗어
가지 사이 열매를 낳고 낳는
나무들의 역사

뿌리에서 우듬지까지

한생이 이렇게 멀다고

제 몸 돌고 돌아 나오는
울렁거렸던 시간
붉은 열매로 쏟아 놓고

미처 따라가지 못한
새의 뜨거운 발자국
가지마다 주렁주렁 걸어 놓는다

시월 어느 날

잠자리가 꽁무니로
불러온 가을

노을 꽁무니를
잡고 온 저녁별

자동차 꽁무니가
남긴 붉은 점

기차 꽁무니 따라
벗어 든 신발

꽁무니가 없는 강물을
가로질러 가는 황새

손 안의 바다

내 손금에 수초를 심어요
바다의 온도로 자라게 하는 지문 따라
세포까지 일으켜 세우는 파도 소리
미역이 자라고 다시마가 무성해요

뭍에 오르면 아가미들은
배 속의 거품을 빼내느라
모래톱마다 바다가 흘러넘쳐요

모항 바다는 잘 웃지 않아요
하얗게 눈 치켜뜨고선
새 발자국조차 싹 지워요

바다 노래는
눈빛으로 들어 줘야 해요
입안은 깊은 풍랑이라
저절로 배가 고파지는 노래

저 혼자
수평선 밖에서 고래 울음을 키워
겹겹이 싸안고 밀려와요

지느러미 팔딱대는 소리로
다시 어미 품을 찾기도

손바닥을 가만히 들여다보면
지문마다 파도가 높아요

명랑한 계절

70% 세일
명인의 솜씨라고
바퀴 없는 헛바닥으로 감기는 통에
삼 개월 카드 긁었지요

행사장 불빛 속 낯선 시선은
거울보다 갑절 재빠르고

새 옷은 언제나 마지막 위안

감출 곳이 점점 많아진 나는
남의 간섭을 입어요

어김없이 찾아온 계절마다
순간 활짝 피어나는
구름 날개를 입지요

바람결이 느슨해질 때마다

옷걸이에서 저절로 손이 미끄러지기도

얇은 단풍잎을 통과한
햇빛 한 벌 예약하던 날
사용할 수 없는
뒷주머니 많은 당신을 입어요

이제 막 빠져나온
길들이지 않은 계절을
명랑한 척 입는답니다

봄이 성큼성큼 올라오면

골목길 영춘화가
구석구석을 끌고 나오고

매화가 피었다고
폴짝폴짝이 강아지 꼬리를 흔들고

산수유 머리칼을 잡은
두런두런이 공원을 서성대고

버드나무 가지마다
뾰족뾰족이 여린 손을 빼내고

오랜 배고픔을 견딘 들판의
허겁지겁이 비를 달게 먹을 때

입을 틀어막은 북극 바람이
비실비실로 멀어져 간다

하현달

엄니 배고파요

밤하늘에
숟가락 하나 떠 있다

6·25 전쟁터에서
살아오지 못한 열아홉 살 아들

밤새 어둠을 파먹고도
핼쑥한 얼굴이다

철새는 날아오고

늦가을이 문장대에서
서서히 내려오고

굴참나무 어깨를 짚는 바람은 빈손

길보다는 숲이 되고 싶어
오리숲을 찾는 옷자락마다
옮겨붙는 단풍물

페루에서 왔단다
인디언 모자와 토끼 눈 루비 반지 가짜 터키석 팔찌
동전 펜던트가
열연 중
팔찌 하나 고르자 신청곡을 받는다

이곳에서 저 아득한 곳으로 날아간 백조처럼 멀리멀
리 떠나고 싶어라···*

콧수염이 피리를 분다

속세의 말문 닫아걸던 산 대신
헤프게 붉은 입 벌리는 단풍나무들

해거름 향해 날개 펄럭대는 음악처럼
매복해 있던 산의 고요가
남은 햇살을 마구 흩어 놓고

충청도 산골 단풍을 찾아든 인디언들
서리 맞은 철새처럼 저쪽 계절로 옮겨 앉고

*사이먼과 가펑클의 〈El condor pasa〉 가사 중

칸나 밥상

가마솥에서 한참 뜸 들인

흰 쌀밥을 고봉으로 퍼서는

막 넘어가는 해를 톡, 깨서

숟갈 등짝으로 척척 발라 가며 먹는 기라

암탉 모아들이는 수탉맨치로

맵고 얼얼한 그 맛 알제?

가뭄

—아버지 이 가뭄에 왜 논물을 빼시나요?

—자 봐라. 벼포기가 이제 슬슬 뿌리를 내릴 때란
말여.
논바닥이 쩍쩍 갈라져야 악착같이 뿌릴 내리지. 물
흔하면
내릴 생각을 당최 안 햐.
애비야. 니도 자슥들 너무 풍족하게 키우지 마라.
빈 주머니로 커야 뭐든 열심히 하는 겨. 알긋냐?

이제 막 초록빛 벼포기 위로
중대백로 한 마리 날아간다

4부

눈웃음으로 수국수국 피어나는

하지

보자기 같은 잎사귀 사이로

감자꽃들은 가위를 들고

피고 지고 피고 져서는

땅속에 바위를 잔뜩 품고 있다

휴수동행携手同行

생강을 심었다
큰 화분 가득 발돋움을 심었다
맨발의 호기심들이 죽죽 뻗어
옆집 담장을 노렸다
그 집 치매 걸린 노파는 대나무가 담장을 넘어온다고
대나무 속에는 뱀이 우글거린다고
의심의 또아리를 수없이 던지고
뒤뚱거리는 지팡이가 찍어대는 맙소사! 가
골목마다 우글거렸다
무슨 생각을 품었는지 생강잎들은 점점
시퍼렇게 독이 올라 옆집에
모가지만 내놓고 낼름거렸다
밤이면 제 그림자를 물고 늘어지는 알싸한 향
옆집 마당에 푸른 힘줄을 좌악 펼쳤다

줄기마다 숨긴 푸른 피
기왓골까지 무성해질까 봐
싹둑싹둑 잎을 잘라 버리자

잎들의 분노가 내 몸을 휘감아 왔다
향기란 무른 것들이 내는 입김
죽었던 과수원도 사과 향기가 살려내지 않는가
꽃도 나무도 한철이라고
댓잎 같은 오기가 화분에 뱀 머리처럼 우글거렸다

냉장고 안 홍옥을 꺼내 와작와작 깨물었다
생강 냄새가 지독히 났다

가시

꿀꺽, 삼켰다

그녀가 도끼눈으로 지켜보고 있는 듯
나오려는 말들이
가슴께에 걸려 발길질을 해대고 있었다

(그 여잔 꼬리가 아홉 개도 넘어. 안 그랴? 어떻게 생
각햐?)

말의 칼날은 순간이 순간을 쳐내도
가지는 어느새 남의 담장을 넘어가고 있다

말꼬리는 길어질수록
송곳이 되어 나를 찌를까
꿀꺽꿀꺽 삼켜 버린다

몸속까지 들어간 가시
그치지 않는 걱정이

저 혼자 집 짓고 식구 늘린다

마당가
여물지 않은 탱자 가시가
몰래 담장을 넘어오고 있다

J 시인에게

그는 그렇게 다녀간다

손목 붉어지는 수국 속을

고여드는 졸음을 거둬
불쑥 내미는

습자지 같은 꽃잎을 말아
여름 하늘에 무늬를 놓는

만지면 만질수록
구름 덩어리로 일어서는

자기 손금 안에 박힌 울음을 모아
주머니로 내거는

한 사람이 밀어 놓고 떠난 생을 떠안고
미안타 미안타

슬그머니 져 버린 꽃덤불 속에
풋잠을 던져 놓고 설핏 가 버린 그

그의 눈웃음으로
수국수국 피어나는

코스모스

흔들흔들
불지 않는 바람을 타고

국적이 여럿인 몸
뉘일 곳 없다고

길 끝으로 가는 발자국 따라
건들건들 춤추네

허수아비 눕힌 들녘에서
아직도 춤출 수 있다고

슬퍼도 웃어야 한다고
억지로 무릎 세워
남은 햇살 모으네

흔들흔들
이민자처럼 낯선 춤 추네

휴식

갑자기 그는
가지를 쓰다듬던 손을 거두었다
나이테의 유전을 찾다가
그 소용돌이에 빨려 들어갔나

나무가 가졌던 하늘 사라지자
북방의 소나무 숲이
슬픔의 빙하를 몰고 나타났다
장례식장 상머리마다 올려진 이별
숟가락 가득 떠
가슴 옹이로 새긴 사람들
몇몇 겨울새가 부고를 전하러
북쪽으로 더 북쪽으로 날아갔다

수의를 입은 겨울산이
그를 그윽히 받았다

오늘 빳빳한 기억을 가진

어린 침엽수 한 그루 정중히 심어졌다

잡목들 휘파람 낮게 불어 주었다

별자리도 편안해졌다

사루비아

천진난만의 새

그 입에서

조심조심 꺼낸

불
  화
    살

불면

양 팔백스물여섯 마리 양 팔백스물일곱 마리 양 구백
여든아홉 마리 양 구백아흔여덟 마리…

잠든 척 스위치를 내려 보지만

별은 다시

반짝반짝 스위치 올린다

무서운 놈

도대체
잠이 온단 말입니까?

밤낮으로
으르렁대는 저놈을
그냥 모래 몇 삽으로 가두고

하얀 칼날을 들이밀며
달려드는 푸른 덩치 앞에서
노래가 나옵니까?

뭐든 집어삼키는
저 시퍼런 바다

북소리

먼 동굴로부터 울리는
더 먼 산맥을 이끌고 오는
열 달의 담금질이 시작되는

두근두근 달을 끌어오고
성큼성큼 해를 품어 오고

아찔하게 뎁혀 오는 단음절의 신호

하늘 아가미 열고 쿵쿵
꼬리지느러미에 닻 내려 둥둥

별나라 꽃등 켜고
내 전생을 모조리 읽어 주는가

아마존 숲인가 하면
타클라마칸 사막이고
어느 땐 히말라야 설산을 당겨

새 왕국을 세우려는 신호음

기계음으로 겨우 듣는 작은 숨소리가
내겐 북소리로 들려
쿵 쿵 쿵

사막의 봄
—매화

새가 빌려 온 하늘 노래
스멀스멀 몸속에서 일어날 때

걸치지 못한 계절이
몸 밖에서 기웃댈 때

비로소 눈 뜬다

한겨울
방명록에 제 이름 고쳐쓰기를 몇 번
햇살 손목 잡고서야
문 열고 나오는 것이다

가지마다 봄을 옮겨 놓는 것이다

표정 없는 사막에서
맑은 물 한 잔처럼

빈 가지에 제 무게로 오는

어둠 향해

눈雪처럼 피는 것이다

우르르 당신

하나님이 세상을 사랑하사
우르르 벚꽃이 만발했다

꽃들이 닫힌 문을 박차고
우르르 몰려나왔다

오랫동안 숨겼던 비밀들이
우르르 피어올랐다

겨우내 맞았던 독한 매질이
우르르 솟아올랐다

밤마다 신발 끈 조였던 조바심이
우르르 달려 나왔다

서로 목이나 축이자고 공중에 꽃잔을
우르르 걸쳐 놓았다

제 꽃은 못 보고 다른 나무 꽃을 보며
우르르 피워댔다

마지막으로 풍성하게
우르르 우르르

축제

TV가 헐떡거렸다

산천어를 잡겠다고
수천의 인간들이 화면에
개미 떼로 꼬물거린다

TV도 얼음판이 가라앉을까
화면을 자꾸만 산 쪽으로 끌고 간다

낚싯바늘에 겨울을 물고 튀어 오르는 산천어
손맛에 사내아이가
얼음왕국에 입국했다고 소리친다
겨울 한복판의 강물이
반짝, 검은 눈을 뜨는 때다

짧은 찌에 길게 걸린 계절을
예금처럼 꺼내 먹고사는
강원도 화천군 화천읍 화천강

저녁 해가
얼음판 사람들을 점자 읽듯 지나가면
팔딱거리던 시간을 끓여 먹은 어둠이
잔가시로만 남겨질 때

겨울 강바닥이 갈라진 입 열고
필사적인 눈짓을 보낸다

아직 덜 익은 얼음을 주세요
추위에 푹 익혀 먹게요

11월

낙엽이 내렸다
계엄령처럼

달빛이 내렸다
어머니 한숨처럼

서리가 내렸다
당신 융 저고리처럼

그림자가 번졌다
생일 미역국처럼

언제나 적막하다
제비 떠난 빈집처럼

당신을 만나러 간다
반쯤 깨진 모과처럼

모든 위대한 것들의 고향

남승원(문학평론가)

1

신영순 시인의 시집 『천국에 없는 꽃』을 구성하고 있는 많은 부분들은 꽃과 나무를 비롯한 자연물이나 농촌 공동체, 또는 그 공간을 배경으로 맺어진 인물 간의 관계성 등 우리에게 친숙한 모습들로 이루어져 있다. 우리 시의 전통적 측면과도 깊이 연관되어 있는 이 장면들은 지금 우리의 현실을 지배하는 기준들과 다른 것으로 구성된 또 다른 삶의 모습을 떠올리게 만드는 것만으로도 독자들에게 충분히 매력적으로 다가온다. 하지만 이 시집에서 더욱 눈여겨보아야 할 것은 작품 속 장면들의 구성 요건들이 아니라 그 속으로 독자들을 동참시키는 시인의 각별한 노력이다.

산속 아버지 뵈러 가는 길

펑 펑 펑

자꾸만
발목에 감기네

소나무 그늘
당신의 거처

솜이불처럼
덮어 주는
밤꽃 향기

회한의 써레질만 하다 가네

들판엔 모내기도 다 끝났는데

—「유월」 전문

　돌아가신 아버지의 산소를 찾아가고 있는 여정에 주목하고 있는 이 작품은 그 길에서 마주치게 되는 자연물들을 감각적으로 표현하는 한편 정제된 형식을 통해서 인물의 내면을 잘 드러내고 있다. 하지만 그 감정이 독자들에게 그대로 전달되는 이유가 누구에게라도 낯설지 않을 만한 경험을 공유하게 된다는 사실 때문만은 아니다.

이 작품의 실제 시간적 배경의 흐름을 먼저 살펴보자면 "들판엔 모내기도 다 끝"나게 되면서 화자는 아버지의 산소로 출발하게 된다. 단순한 시기를 나타내는 것이기도 하지만, 아버지 역시 모내기를 마친 이후에 돌아가셨을 것이라는 점을 염두에 둔다면 화자에게는 모내기의 행위가 아버지의 죽음과 직접적으로 연관되어 있는 일인 동시에 산소를 찾아가게 만드는 계기가 되어 준다. '모내기'라는 행위를 통해서 화자는 아버지와 구체적인 연결점을 갖게 되는 것이다. 따라서 '모내기'를 통해 확장된 농촌 마을의 배경이 갖추어지고 이어 무덤을 찾은 화자의 행위가 "써레질"로 표현되고 있을 때 우리는 하나의 일관된 세계를 받아들이게 된다. 말하자면 이 작품은 마지막 연에서 제시된 "모내기"의 행위가 거꾸로 첫 연에서부터 이어지는 내용들을 촉발시키는 구조로 되어 있는 것이다. 바로 이처럼 아주 구체적인 행위를 제시하고 그것을 중심으로 시를 완성해 나가는 방식은 앞서 지적한 대로 신영순 시인의 특징적 면모라고 할 수 있다.

우리는 아리스토텔레스의 『시학』을 통해 모든 창작물의 본질은 행동으로 인해 결정되며, 플롯이 중요한 개념으로 설명될 때조차 그것이 행동의 모방이어야만 한다는 사실을 이미 알고 있다. 이처럼 행위는 오래전

부터 강조되는 한편 지금까지도 창작의 중심 원리로 계승되어 오고 있다. 이야기를 대중에게 매력적으로 다가가도록 만들기 위한 스토리텔링의 측면에서 이는 '액션 아이디어action idea'로 불리기도 한다. 서스펜스의 강도나 캐릭터의 개성들 역시 이야기 내에서 흥미를 유발하는 중요한 요소들이지만, 구체적인 행위가 보다 중요하다는 인식에서 비롯된 개념이다. 가령, 위 작품 「유월」에서처럼 돌아가신 아버지에 대한 감정을 다루고 있을 때에도 '돌아가신 아버지를 생각하는 마음'이라는 심리 상태가 아니라 '모내기를 마친 후 아버지의 산소를 찾아간다'는 구체적인 행위가 이야기의 중심에 있어야 한다는 것이다. 바로 이처럼 신영순 시인은 구체적인 행위를 작품의 중심에 위치시키면서 자신이 만든 시적 상황에 독자들을 동참하게 만들어 하나의 작품, 나아가 시집 전반에 걸쳐 제시되는 이야기의 흐름을 적극적으로 따라갈 수 있게 만든다.

　살펴본 것처럼 구체적인 행위를 중심으로 시상을 확산시켜 나가는 방식은 신영순 시인의 특징이라고 할 수 있다. 특히 시집 『천국에 없는 꽃』에서는 과거 농촌 공동체의 모습이 배경으로 많이 등장하고 있는데, 그때 시인이 주목하고 있는 행위들은 개인적인 영역을 넘어 공동체의 차원으로 자연스럽게 확대된다.

추녀 끝
가을비

"들어오지 않고…"
"맨발이라서요…"

쌀 꾸러 온
강 건너 처자

감기 든다고
이제부터 찬비라고

어머니는
지청구 대신

아궁이
불 지피셨다

—「처서」 전문

　절기를 따르는 행위들은 지금도 여전히 우리 생활
의 곳곳에 뚜렷이 남아 있기도 하지만 전통적 생활양
식에서는 지금과 비교할 수 없을 정도로 중심을 차지

하고 있었다. 따라서 절기와 관련된 것들은 일상의 모든 행동 범주를 결정한다고 할 수 있다. 여기에서 시인은 두 가지 사건을 통해서 처서를 인지한다. 하나는 추수를 앞두고 양식이 떨어진 마을 사람이 "쌀 꾸러 온" 일이고, 다른 하나는 잠깐이나마 몸이라도 녹이고 갈 수 있도록 "어머니"가 그 사람을 위해 "아궁이"에 "불"을 붙이는 것이다.

시인에게 가을을 앞두고 있는 절기인 '처서'는 누군가에게는 양식이 떨어져서 어쩔 수 없이 이웃집을 방문할 수밖에 없는 곤경으로, 또 다른 누군가에게는 곤경에 빠진 사람을 위해서 풍족한 도움을 주지는 못하더라도 그 어느 때보다 필요한 위로의 행위를 건네는 시간으로 인식된다. 반복되는 시간의 한 국면인 절기 속에서 시인이 주목해서 보여 주고 있는 행위는 결국 이웃에 대한 신뢰와 사랑이라는 보편적 가치로 나아가게 된다. 따라서 이 작품을 물질적인 결핍 속에서도 유지되어 온 과거 삶의 아름다웠던 한 단면으로 이해할 수 있게 된다면, 서로의 생활에 대한 깊은 이해를 바탕으로 벌어진 구체적 행위들에 우리 역시 공감했기 때문이다.

해거름 물꼬를 보러 나간 아버지가 까까머리 댓명을

데리고 들어오셨다 물길에 막혀 집에 못 가는 상대리 애들이라고 한 어미는 건너다 빠져 죽는다며 건너편에서 수건을 흔들며 소리치고… 걱정 말라고 하룻밤 재워 학교 보낸다는 아버지의 목청껏 지른 소리도 큰 물소리가 잘라 먹더라고

풀이 죽어 따라온 중학생들은 쭈뼛거리며 젖은 교복을 내밀고 엄마는 우물물에 빨아 가마솥 뚜껑에 말리고 장맛비는 계속 내리고 두꺼비도 꿈벅꿈벅 마당에 나오고

사춘기 언니는 골방에 들어가 나오지도 못하고 엄마는 채마밭으로 광으로 아궁이 보릿짚에 앞치마가 타는 줄도 모르고

다음 날도 비는 계속 퍼붓고 맥박이 가라앉지 않는 냇물은 성난 황소처럼 기어코 둑방을 밀어붙여 들판인지 강인지 누렇고 아버지는 종일 물길과 싸우다가 막걸리만 드시고 학생들은 둑에서 물 빠지길 기다리다 어둠이 내린 뒤 더욱 풀죽어 집 나갔던 꼴머슴처럼 들어와 엄마는 부랴부랴 밀가루 푸대를 털고 홍두깨 찾아 손국수를 밀어 저녁 먹이고 죄송해서 절대로 못 내놓겠다는 대여섯 개의 도시락을 위해 밤새 콩자반을 만들고 귀한 손님에 고생한다고 이웃에서 강낭콩 박힌 개떡을 쪄 오고 비는 함석지붕에 콩자루 쏟아 놓듯 밤새도록

두들기고

　　　　　　　—「매미 울음이 시작되었다」부분

　『천국에 없는 꽃』에서 가장 인상적인 장면을 보여
주고 있는 이 작품 역시 마찬가지이다. 여기에서 시인
은 "봇도랑이 터졌고 미루나무도 모래밭도 사라"질 정
도로 심하게 비가 오는 장마철의 하루 동안 벌어지
는 행위들을 앞서 「유월」이나 「처서」에서 살펴본 것처
럼 세세하게 보여 주고 있다. 특히 비로 인해 벌어지
는 상황 속에서 발생하는 긴장감은 다양한 인물들의
행위로 이어지면서 작품 속 상황을 생생하게 만들기
도 한다. 학교를 마치고 돌아가는 길에 "물길에 막혀
집에 못 가는" 어린 학생들, 그 학생들을 그대로 둘 수
는 없어서 집으로 데리고 온 '아버지', 그 학생들의 교
복도 빨아 주고 심지어 도시락까지 싸 주는 '엄마', 그
리고 갑작스러운 손님을 맞이하느라 힘들 것을 예상
하고 음식을 가져와 준 '이웃'에 이르기까지 작품 속에
등장하는 이들은 '장마'가 농촌에 미치는 영향이 그
런 것처럼 모두 하나로 얽히는 관계망을 상징적으로
보여 준다. 그리고 아무런 책임을 질 이유가 없지만 스
스로의 작은 희생도 마다하지 않고 기꺼이 타인을 돕
는 모습은 우리에게 가치 있는 삶의 모습에 대한 성찰

을 이끌게 된다.

문학을 통해 공동체의 의미를 상상해 보는 것은 그리 드문 일은 아니다. 하지만 그것이 완전한 논리를 가진 담론의 완성을 염두에 두고 벌어지는 논쟁에 불과하다면 전혀 쓸모없는 일이 될 수밖에 없다. 이미 우리 내부에서 큰 부분을 차지하고 있는 이주민에 대한 시선에서부터 난민의 문제 등 사회에서 제시하는 수많은 기준들로 구별되는 사람들을 마주하고 있으면서도 그와 같은 논의들은 현실을 수용하지 못하는 또 다른 기준을 세우기 위한 노력에 불과하기 때문이다.

신영순 시인이 강조해서 보여 주고 있는 행위들은 이처럼 공동체에 대한 기준이나 논리를 고려하지 않으면서도 결국 그것을 뛰어넘는다. 특히 학생들에게 먹일 저녁과 도시락까지 준비하기 위해 분주하게 움직이는 '엄마'의 행위가 접속사로 연결되면서 끝나지 않고 이어지고 있는 부분에 이르면 독자들 역시 자신도 모르게 그 구성원의 하나가 되어 적극적으로 동참하게 된다. '장마'로 인해 큰 곤경을 맞고 있는 이 장면이 아름답게 각인되는 이유도 여기에 있다. 추억을 불러일으키는 장면이어서가 아니라, 피할 수 없는 삶의 역경을 맞았을 때에도 그것을 이겨 나가기 위한 행위들에 기꺼이 동참하게 되는 경험을 만들어 주기 때문이다. 이렇게 시인의 작품 안에서 공동체는 행위로 완성된다.

2

시집 『천국에 없는 꽃』에서 그려지는 행위들은 일회성에 그치지 않고 공감의 영역을 확대하면서 또 다른 행위들의 연쇄를 이끄는 모습을 확인할 수 있다. 이처럼 시인이 보여 주는 행위들의 반복과 확산은 공동체를 인식하게 되는 구체적인 계기가 되기도 하고, 때로는 윤리적 질문을 촉발하기도 한다. 가령 「축제」에서 시인은 "산천어를 잡겠다고/수천의 인간들이 화면에/개미 떼로 꼬물거"리는 장면을 티브이로 지켜보면서 흥겹게만 여겨지는 그 행위에서 멈추지 않고 환경과 동물권의 문제를, 또 한편 「누룽지」에서는 밥을 짓는 행위를 중심으로 지금의 우리에게 기호에 따라 선택하는 단순한 이 행위가 "지구의 반대편"에 이르게 되면 생존의 문제와 직결되어 있다는 사실을 깨닫게 되는 것처럼 말이다.

신영순 시인이 '행위'와 함께 그것이 벌어지는 배경으로서 구체적 공간에 대해 각별한 시선을 두고 있다는 점 역시 이와 관련이 있다. 같은 목적을 가진 행위일지라도 다른 공간에서라면 또 다른 의미로 전환될 가능성으로 변화한다. 행위의 반복과 확산은 결국 지금의 위치에서 생각하지 못했던 다른 관계망 속에서의 경험을 의미한다.

춥지만 추위를 모르는
유목민의 갈라진 손등 같은
마두금은 잊은 지 오래
여긴 주문에 따라 끓이기만 하지

우리는 얼굴보다는
서로 등 대고 익숙한 노래로
시대의 허기를 채우곤 해
가끔은 비명 같은 큰 웃음소리가
돌계단을 오르는 나막신처럼 낯설어
천장으로 호기심을 공처럼 던지기도

건너편 건물이 제 몸 끌고 와
서성대는 통유리 게르 안
커피를 마시는 동안은 한 가족이지
눈보라 속을 달려온 양들의 울음
잔마다 넘쳐 목은 늘 축축하지
                              —「별별벅스에서」 부분

이 작품은 '스타벅스'로 대표되는 글로벌 커피 전문점과 '몽골의 초원'이 하나의 공간 안에서 겹쳐지고 있다는 점이 흥미롭다. 커피숍이 지금 우리 삶의 한 부분을 차지하고 있는 공간이라고 한다면 여러모로 '초원'은 그와 반대의 지점에 위치한 것으로 보인다. 공간과 경험이 결부된 '장소'를 강조했던 이푸 투안은 본질적인 측면에서 공간의 세분화를 따라 인간의 경험과 감각이 만들어져 왔다고 설명했다. 그의 관점대로 삶의 목적에 따라 공간을 새롭게 만들고 변형해 나가는 것을 인간의 역사라고 봤을 때 '초원'은 그 시작점이라고 할 수 있겠다. 그곳은 자연이 내주는 대로의 "기다림"이 일상인 곳이고, 혹독한 환경의 조건도 그대로 받아들이며 살아가는 공간이다. 하지만 그렇기 때문에 서로의 "얼굴"을 마주 보고 의지할 수밖에 없기도 하다. 삶과 죽음이 오직 자연의 조건 하나에 매달려 있는 곳에서 어쩌면 인간은 인간에게 가장 필요한 존재가 되어 주기 때문이다.

하지만 "통유리 게르 안"은 '초원'과 사정이 다를 수밖에 없다. 초원에서의 게르가 자연에 맞서기 위해 서로가 서로의 생존 조건이 되는 견고성을 갖추고 있는 곳이라고 한다면, "통유리" 공간은 그 안에 머무는 사람들의 정체성이나 관계에 그 어떤 영향도 미치지 않기 때문이다.

마르크 오제의 경우 이미지의 전 지구적 확산과 교통수단의 발달로 이 같은 공간이 가속화되는 것을 일종의 '과잉'으로 진단한다. 그 속에서 현대인들은 더 이상 '게르'와 같은 공간이나 그 속에서 맺어지는 관계를 원하지도 않으며, 가시화된 계약의 조건 속에서 개별적으로 존재하는 것이 가능한 이른바 '비장소'가 폭발적으로 증가한다는 것이다. "서로 등 대고" 있지만 모두 "익숙한 노래"를 듣고 있으며, 대화를 나누지는 않지만 "시대의 허기를 채우"고 있는 작품 속의 공간처럼 말이다. 이제 이와 같은 '비장소'의 공간에서는 "한 가족"이라는 가장 근본적인 경험조차 "커피를 마시는 동안"만 유지될 뿐이다. 이처럼 서로 다른 두 공간을 넘나드는 것이 가능하도록 겹쳐 둔 시인의 시선을 따라가다 보면 우리는 문득 또 다른 의미들과 관계를 맺는 가능성의 영역에 들어서게 된다.

목에 등에 칼이 꽂힐 때마다
공중이 울퉁불퉁해졌고
비명을 입 속으로 욱여넣었다

'찔러라 칼을 더 깊게 넣어라'

벽돌처럼 날아드는 환호성에

나는 데리러 오는 검은 숲이 일어선다

꼭 가야지 꼭 가야지
내 슬픔을 지펴 줄 만한 곳
지상의 가장 짙은 그늘
신의 맨발이 만져지는 곳

여기까지
어둠을 찾아왔다
악몽을 이불 털듯 버리고
순한 잠을 찾아왔다

—「퀘렌시아」 부분

　인용한 작품을 눈여겨보아야 하는 이유도 앞서 지
적한 것들과 깊이 관련되어 있다. 이 작품에서 우리는
먼저 '소'의 관점으로 투우가 한창 벌어지고 있는 장면
에 참여하게 된다. 지극히 오락적이거나 또는 동정과
보호라는 일방적인 인간의 관점에서 벗어나 말 그대
로 '소의 하루'에 가까이 다가갈 수 있게 되는 것이다.
이 과정을 통해 '소'가 마주한 현실, 그러니까 목숨을

걸고 나오는 경기장, "칼이 꽂힐 때"에도 경기장에 나온 이상 "비명을 입 속으로 욱여넣"으며 버틸 수밖에 없는 현실, 그리고 위로라는 것은 결국 스스로에게만 가능하다는 것 등 결국 우리와 다를 바 없는 하루치의 일상이었다는 사실을 처음으로 깨닫게 된다. 따라서 투우장의 소가 자신의 삶과 싸울 수 있도록 만들어 주는 최소한의 공간인 '퀘렌시아'는 우리가 힘겹게 살아가는 일상적 삶에 유일한 증거로 남겨 둔 "발자국"과 고스란히 겹쳐진다.

이처럼 신영순 시인은 변화하는 현실을 예민하게 관찰하는 한편, 다른 의미망 속에서 서로 충돌하고 엇갈리며 또 다른 의미로 뻗어 나가는 행위와 공간들을 감각적으로 보여 준다. 여기에서 다시 한 번 강조되어야 하는 것은 시인에게 이 같은 시적 대상이 포착되는 과정 그 자체이다. 그가 작품을 통해서 주목하고 있는 것들은 모두 소재나 기교의 차원이 아니라, 우리의 삶에 내재되어 있는 현실적 고난의 경험들을 공유하는 과정에서 비롯한다. 따라서 우리가 시집 『천국에 없는 꽃』에 매혹당하는 것은 수동적인 읽기에서 벗어나 내 삶의 모습 그대로 작품에 펼쳐져 있는 현실 세계에 동참할 수 있기 때문이다. 모든 위대한 것들이 결코 범접할 수 없는 완벽함 속에서가 아니라 피와 땀으로 만들어지는 우리의 일상에서 태어난다고 한다면, 신영순 시인이 보여 주는 시의 세계야말로 매일의 위대함이 탄생하는 고향이라고 할 수 있을 것이다.

천국에 없는 꽃

2021년 11월 19일 1판 1쇄 펴냄

지은이   신영순

펴낸이   김성규

편집   김은경 김도현

디자인   김동선

펴낸곳   걷는사람

주소   서울 마포구 월드컵로16길 51 서교자이빌 304호

전화   02 323 2602

팩스   02 323 2603

등록   2016년 11월 18일 제25100-2016-000083호

ISBN 979 - 11 - 91262 - 74 - 2 04810

ISBN 979 - 11 - 89128 - 01 - 2 (세트)

* 이 책은 충청북도 충북문화재단 의 2021 우수창작활동지원사업으로
  지원받아 발간되었습니다.